SCP와 괴물도감6
: SCP vs 엔티티

글 이준하 | 일러스트 서우석

소담 주니어

읽기 전에…

8

[편집됨] 기지에서 또다시 Dr. Lee 박사의 보고서가 발견되었다. 그는 최초 전투 실험 이후로도 계속된 실험을 지속하며 SCP 재단의 신경을 건드렸지만, SCP 재단조차 Dr. Lee를 붙잡는 것은 무리였다. 그는 최근 실험 결과를 통해 생활 환경이 매우 다른 SCP와 백룸의 엔티티가 맞붙을 경우 능력이 발전하거나 변화될 수 있다는 결과를 얻은 뒤에 다시 한번 SCP와 엔티티를 맞붙이기로 결정했다. 그렇게 자신의 실험장이 될 기지를 선정한 Dr. Lee였으나 이번엔 혼자가 아니었다. 재단 소속이었으나 Dr. Lee에게 포섭된 '사오 박사'와 '린토 박사'가 함께였다. 기지 관리자는 두 명의 재단 소속 박사가 찾아오니 아무 의심 없이 그 둘을 들여보냈고, 이윽고 순식간에 기지를 장악당했다. 분명 평범한 연구직이었던 그들이 어떻게 기지 하나를 완벽하게 지배할 수 있었는지는 알 수 없으나, Dr. Lee의 이상한 능력을 빌린 것은 분명해 보인다.

사오 박사 : 박사님. 린토 박사와 제가 당신을 위해 모든 준비를 마쳤습니다. 실험이 기대됩니다. 저도 SCP의 진화를 직접 눈으로 확인하고 싶습니다.
린토 박사 : 그렇습니다. 저희가 목숨 건 이유는 SCP와 엔티티의 발전 가능성을 보고 싶기 때문입니다.
Dr. Lee : 물론, 물론. 아주 잘 알고 있지. 나야말로 재단의 시답잖은 방식에 따르지 않고, 진정 가치 있는 실험이 무엇인지 알고 있는 두 사람에게 재미있는 광경을 보여주고 싶네.

그 후 실험이 끝난 후 세 명의 박사는 자취를 감추었다. 이전처럼 전투 흔적만 남은 상태였으나, 몇몇 엔티티는 시신이 남아 재단에서 회수하였다. Dr. Lee의 선물일까? 아니면 다른 의도가 있는 것일까?

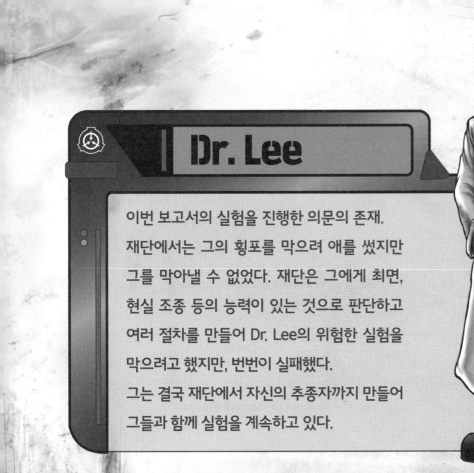

Dr. Lee

이번 보고서의 실험을 진행한 의문의 존재.
재단에서는 그의 횡포를 막으려 애를 썼지만
그를 막아낼 수 없었다. 재단은 그에게 최면,
현실 조종 등의 능력이 있는 것으로 판단하고
여러 절차를 만들어 Dr. Lee의 위험한 실험을
막으려고 했지만, 번번이 실패했다.
그는 결국 재단에서 자신의 추종자까지 만들어
그들과 함께 실험을 계속하고 있다.

둘 다 재단 소속 박사로 왼쪽이 린토 박사, 오른쪽이
사오 박사이다. 그들은 재단이 SCP 실험에 소극적
으로 임한다고 생각하여 Dr. Lee를 따르기로 한다.
소속된 부서는 달랐지만 서로 비슷한 생각을 가지고
있는 것을 알고 있어서 교류가 있었다.
린토 박사는 약간 고압적이고 거만한 성격의 사오
박사가 Dr. Lee에겐 고분고분한 모습을 보이는 것이
즐거운 모양이다.
사오 박사 역시 자신을 이해하는 린토 박사를 마음에
들어 하고 있으며, Dr. Lee를 존경하고 있다.

자세히 보기

이 보고서의 SCP나 괴물들은 능력이 수치화되어 있다. 각 수치에 대한 설명은 아래쪽에 자세히 적혀 있다.

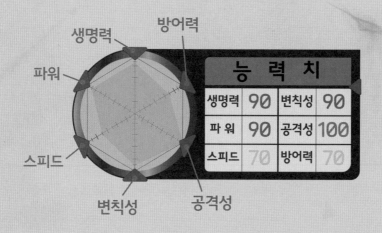

능 력 치			
생명력	90	변칙성	90
파 워	90	공격성	100
스피드	70	방어력	70

생명력	기본적인 신체의 내구성과 끈질김. 생명력 수치가 높을수록 상대의 공격을 오래 버틸 수 있다.
파 워	변칙성을 제외한 육체의 순수 완력. 이 수치가 높을수록 힘이 세고 운동 능력이 높다.
스피드	변칙성도 어느 정도 포함한 속도. 이 수치가 높을수록 빠르게 움직인다.
변칙성	괴물의 개성이자 특수능력으로 이 수치가 높을수록 특이하고 강력한 능력을 사용한다.
공격성	흉폭함. 이 수치가 높을수록 호전성이 높고 상대를 공격할 확률이 높다.
방어력	변칙성에 약점이 많을수록 수치가 낮고, 변칙성에 약점이 적을수록 수치가 높다.

이름

SCP-076-2

케테르 등급의 SCP. 자신의 이름을 아벨이라 소개한다.
SCP-076은 정육면체의 방과 아벨 둘로 나뉘고, 아벨의 식별
번호는 076-2이다. 그는 인간에게 아주 적대적이며 강력한
힘과 전투기술을 가지고 있는 전사이다. 죽지 않는다는 변칙
성을 가지고 있는데, 정확히 말하면 죽은 뒤에도 부활하는 능
력이다. 계속 부활하고 본체도 뛰어난 생명력을 지니고 있기
에, 재단에서도 관리하기 힘들어하는 개체이다.

각 SCP 및 괴물에 대한 요약

전투에 대한 요약 보고는
무전기 아이콘으로 표시된다.

실험 상황을 두 명의 박사가 직접 관찰하며 코멘트를 남기고,
전투 상황을 정리하여 무전을 남긴다.

승리자 이름

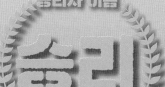 

실험 결과는 이런 식으로 표시된다.

 강력한 회복력을 가진 아벨도 어둠의 군주의 손길은 막아내지 못하고 수정이
되었군. 요즘 승률이 너무 떨어지는 것 아닌가? 아벨? - Dr. Lee 코멘트

실험이 끝나면, Dr. Lee는 항상 코멘트를 남긴다.

보고서 목록

페이지를 넘기면
곧바로 격렬한 전투가 시작됩니다.
기대하세요!

능력치

생명력	90	변칙성	90
파 워	90	공격성	100
스피드	70	방어력	70

SCP-076-2

케테르 등급의 SCP. 자신의 이름을 아벨이라 소개한다. SCP-076은 정육면체의 방과 아벨 둘로 나뉘고, 아벨의 식별 번호는 076-2이다. 그는 인간에게 아주 적대적이며 강력한 힘과 전투기술을 가지고 있는 전사이다. 죽지 않는다는 변칙 성을 가지고 있는데, 정확히 말하면 죽은 뒤에도 부활하는 능력이다. 계속 부활하고 본체도 뛰어난 생명력을 지니고 있기에, 재단에서도 관리하기 힘들어하는 개체이다.

어둠의 군주

능력치			
생명력	80	변칙성	80
파 워	100	공격성	30
스피드	70	방어력	90

긴 검은 망토를 두르고 한 손에는 검은색 대검을 쥐고 있으며, 검은 오닉스 크리스털로 이루어진 갑옷을 착용하고 있다. 이 갑옷은 어떠한 공격도 막아내며 대검은 어떠한 것도 벨 수 있다고 한다. 색이 다른 4개의 수정이 박혀있는 왕관을 가지고 있는데 머리에 쓰고 있는 것이 아니라 머리 위에 떠있다.

마지막으로 그의 손에 닿는 모든 물체들을 검은색 자수정으로 변하게 할 수 있는 비장의 수단이 있다.

 흥미로운 대결이군. 재생능력이 뛰어난 076-2와 어떤 공격도 막아내는 갑옷을 입은 어둠의 군주라……

 그렇군요. 불사신들의 대결이라고 봐야 할까요?
오, 어둠의 군주가 검을 내밀어 도발합니다. 검으로 승부를 보자는 얘길까요?

쑤욱

쩌억

필살기

SCP-076-2
검 생성

16

 일격에 승부가 나지 않을까? 무기가 더 강한 쪽이 압도적으로 누를 것 같군.

23

평소 만들어내던 검이 부러지고 076-2가
특이한 외형의 검을 만들어냈다.
어둠의 군주도 방금 전과는 다르게
흥미로워하고 있다.

필살기EX
SCP-076-2
특수 검 소환

강력한 힘이
느껴진다.
아주 훌륭한
무기로다.

 강력한 회복력을 가진 아벨도 어둠의 군주의 손길은 막아내지 못하고 수정이 되었군. 요즘 승률이 너무 떨어지는 것 아닌가? 아벨? - Dr. Lee 코멘트

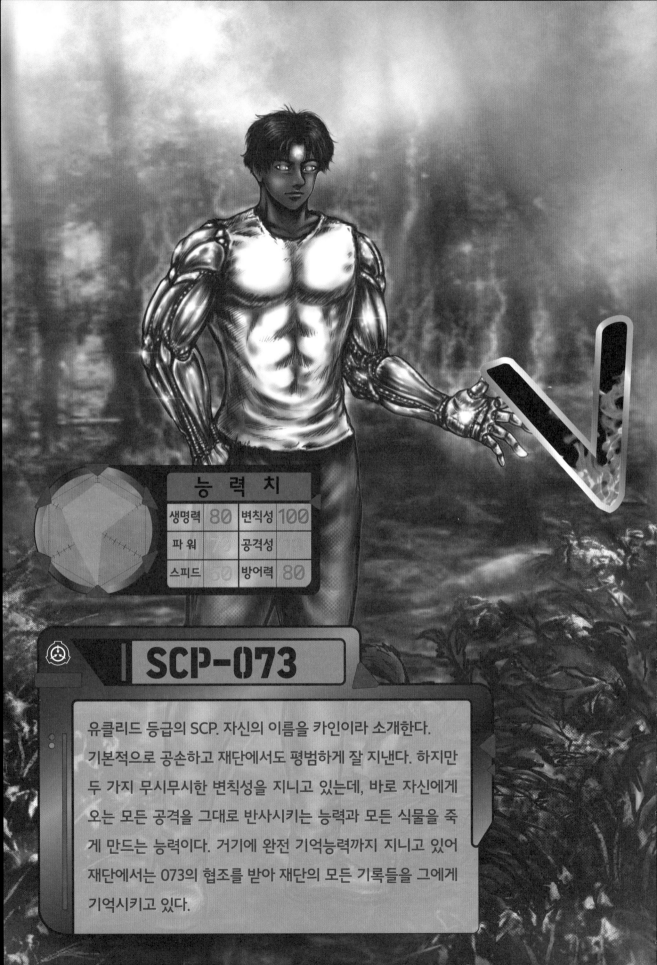

능력치

생명력	80	변칙성	100
파워	7	공격성	
스피드	60	방어력	80

SCP-073

유클리드 등급의 SCP. 자신의 이름을 카인이라 소개한다. 기본적으로 공손하고 재단에서도 평범하게 잘 지낸다. 하지만 두 가지 무시무시한 변칙성을 지니고 있는데, 바로 자신에게 오는 모든 공격을 그대로 반사시키는 능력과 모든 식물을 죽게 만드는 능력이다. 거기에 완전 기억능력까지 지니고 있어 재단에서는 073의 협조를 받아 재단의 모든 기록들을 그에게 기억시키고 있다.

S

능 력 치			
생명력	80	변칙성	70
파 워	100	공격성	50
스피드	60	방어력	70

진홍색 방랑자

금속 갑옷을 입은 2m가 넘는 기사이다. 낡은 망토를 두르고 등에는 대검을 메고 다닌다.

손상된 신체와 도구를 재생할 수 있는 능력이 있으며, 상대가 강할수록 일반 형태에서 극강 형태로 변한다고 한다. 극강 형태로 변한 진홍색 방랑자는 마을 하나를 날려 버릴 수 있는 빔을 발사한다고 하며, 금속 갑옷은 핵무기에도 별다른 손상을 입지 않는다고 한다.

진홍색 방랑자의 강함은 익히 들었지만, 076-2의 공격도 아무렇지도
않게 반사하는 073에겐 이길 수 없을 것 같습니다.

글쎄? 073도 핵무기급 위력의 공격을 받아본 적이 없으니
우리도 정확한 한계는 모르는 거 아닌가? 가능성을 열어두세.

필살기

진홍의 방랑자
변형: 극장의 형태

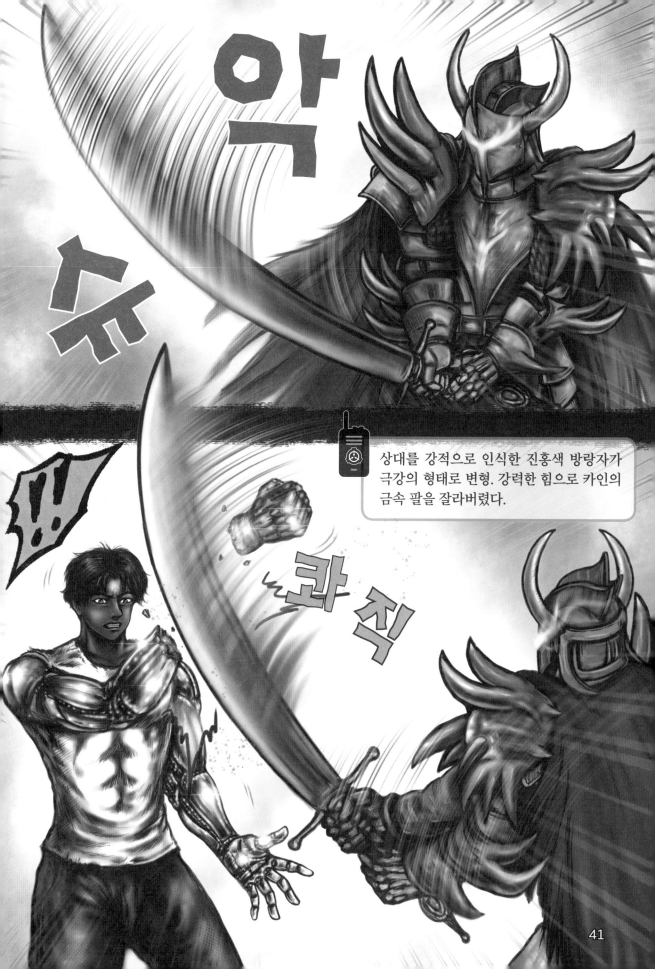

상대를 강적으로 인식한 진홍색 방랑자가 극강의 형태로 변형. 강력한 힘으로 카인의 금속 팔을 잘라버렸다.

43

방랑자가 극강 형태에서 쓸 수 있는 최강의 기술을 준비하네요. 온 생명력을 끌어오는 느낌입니다. 073을 쓰러뜨려도 무사하진 못하겠는데요.

차
아
아

필살기EX
진홍색 방랑자
극강의 에너지 사출

콰 콰 콰
쾅

양쪽의 능력이 정면충돌했다.
한치도 물러서지 않는 진홍색 방랑자의
공격과 073의 반사 능력. 어느 쪽이 상대의
힘을 누를지 알 수 없는 상황이다.

상황을 확인해 보니 진홍색 방랑자가 073의 반사 능력을 뚫은 모양이야.
하지만 자신의 공격 역시 일부 반사되었고,
그동안 무방비였기 때문에 동시에 쓰러진 셈이군.

【무승부】

아벨은 결국 저 반사 능력을 뚫지 못했는데 말이야.
최소한 한방만큼은 진홍색 방랑자가 아벨보다 강력하군. - Dr. Lee 코멘트

능력치

생명력		변칙성	
파워		공격성	
스피드	40	방어력	

SCP-2800

안전 등급의 SCP. 자칭 선인장맨.
영웅증후군이 있어서 본인 스스로를 '선인장맨'이라고 칭한
다. 적은 수분 섭취만으로 살아갈 수 있으며 열사병에 걸리지
않고, 선인장 등의 식물들과 교감이 가능하다. 몸에서 가시가
나오는 변칙성이 있는데 일반적으로 3m 정도이지만 위급한
상황에서는 최대 50m 정도의 가시가 나오기도 한다. 순간적
으로 변칙성을 쓸 때 무시무시한 형태로 변한다고 한다.

능력치

생명력		변칙성	60
파 워		공격성	50
스피드	20	방어력	70

스킨 스틸러

인간에게 적대적이며, 잡아먹은 인간의 피부를 흡수해 본인의 피부 위에 덮는다. 표피에 문어 빨판 같은 혹이 있는데 해당 혹을 통해 자신의 상처를 치료할 수 있다고 한다. 인간의 언어를 어설프게 따라 하지만 대화가 통하거나 언어를 이해하는 수준은 아닌 것으로 알려져 있다.
다만 인간에게 적대적인 부분은 사냥감이기에 그런 것이지 평소에는 얌전한 편이라고 한다.

굶겨놓은 스킨 스틸러를 투입했다.
배가 고프니 상당히 공격적으로 나올 거야.

기본적으로 스킨 스틸러의 지능이 높은 편은 아니라 운동능력이 높고
무기를 가진 사람이라면 충분히 상대할만하죠. 2800의 승리를 점칩니다.

스킨 스틸러가 빠르게 접근하지만 2800은 가볍게 피하며 상대한다. 공격 패턴이 단순하고 평소 백룸 생태계에서 잔뜩 위축되고 겁먹은 방랑자들을 상대하다가 건강하고 겁 없는 사람을 상대하니 고전하고 있다.

57

59

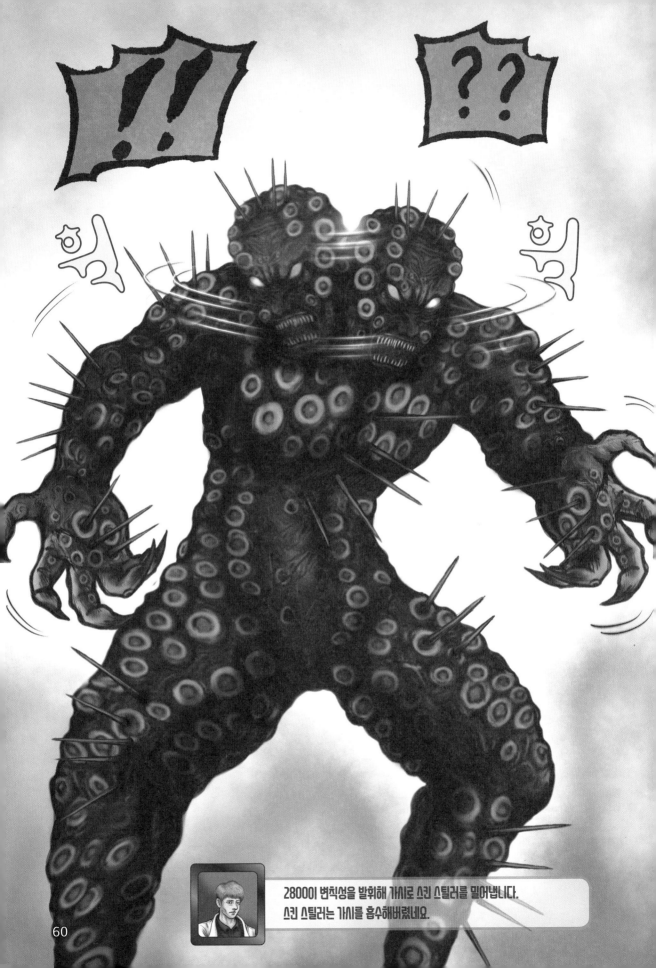

2800이 변칙성을 발휘해 가시로 스킨 스틸러를 밀어냅니다.
스킨 스틸러는 가시를 흡수해버렸네요.

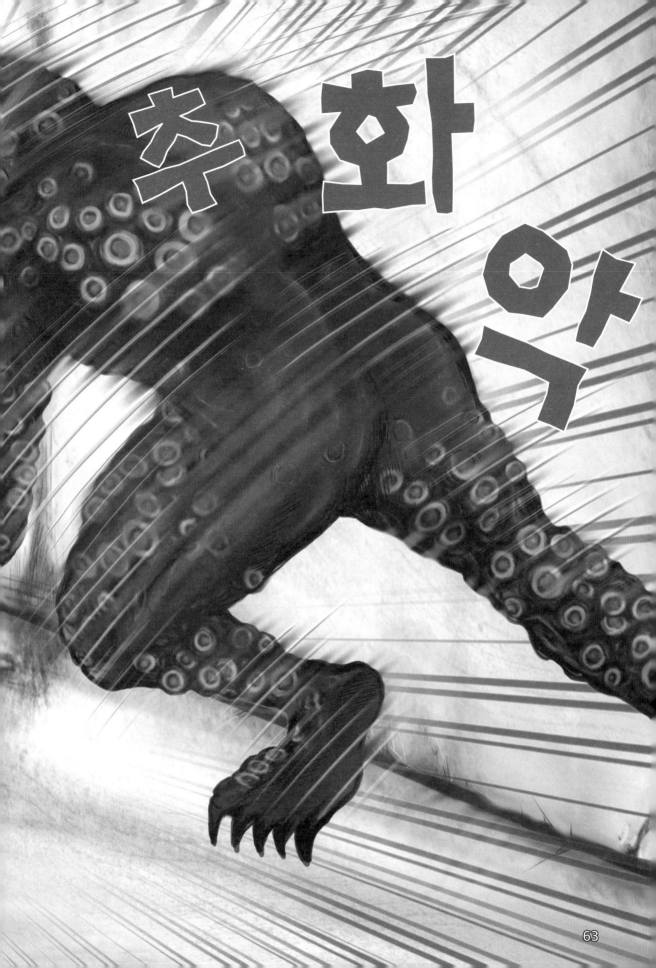

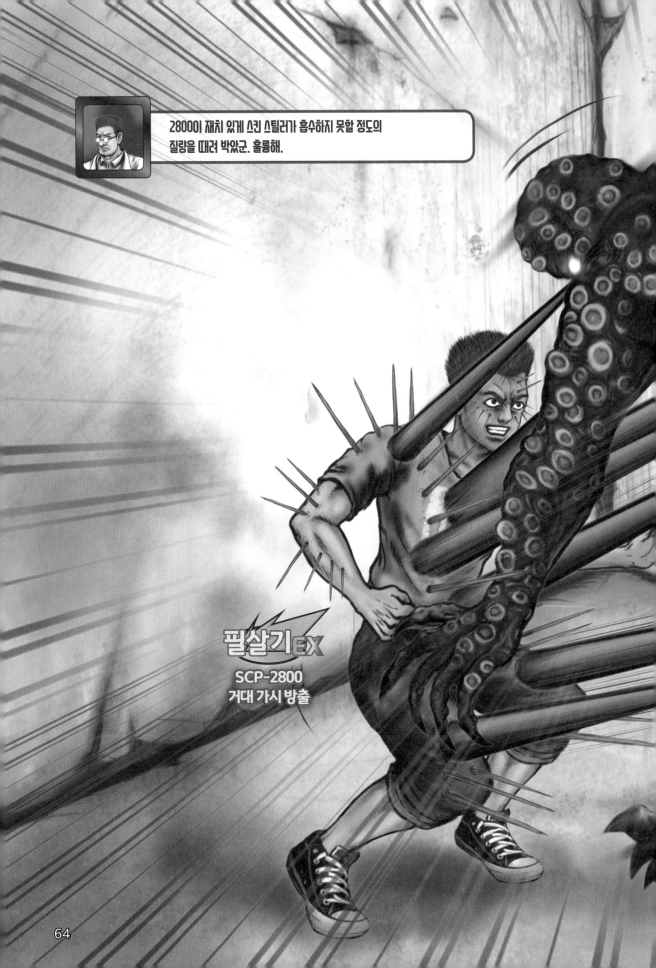

필살기EX
SCP-2800
거대 가시 방출

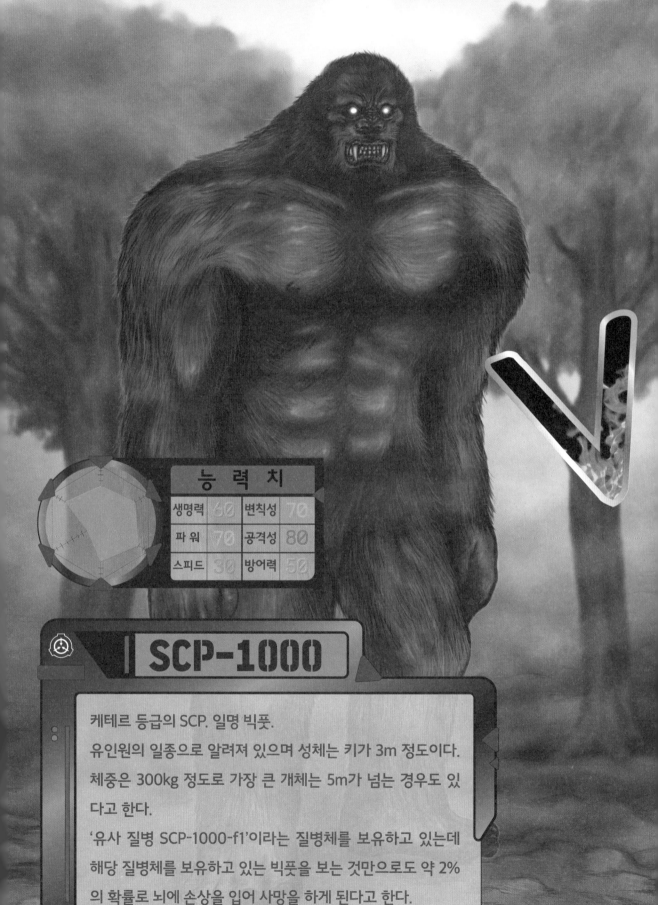

능력치

생명력	60	변칙성	70
파 워	70	공격성	80
스피드	30	방어력	50

SCP-1000

케테르 등급의 SCP. 일명 빅풋.

유인원의 일종으로 알려져 있으며 성체는 키가 3m 정도이다.

체중은 300kg 정도로 가장 큰 개체는 5m가 넘는 경우도 있

다고 한다.

'유사 질병 SCP-1000-f1'이라는 질병체를 보유하고 있는데

해당 질병체를 보유하고 있는 빅풋을 보는 것만으로도 약 2%

의 확률로 뇌에 손상을 입어 사망을 하게 된다고 한다.

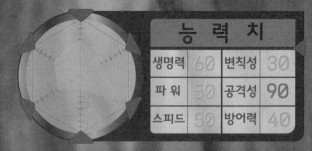

능 력 치			
생명력	60	변칙성	30
파 워	50	공격성	90
스피드	50	방어력	40

파괴자 유인원

평균적인 고릴라 정도의 크기이며, 지능이 뛰어나고, 속도가 빠르다. 무기를 만들거나 노획하여 사용하며 집단 사냥에 매우 능하다. 소리를 지르면 상대방의 고막이 손상될 정도로 큰 소리를 지를 수 있으며 날카로운 털에 찔리면 질병에 걸린다고 한다. 이 질병은 지능이 심각하게 떨어지는 현상을 발생시키는데 치료법은 아직 알려지지 않았다.

매우 공격적인 성향이니 함부로 접근하면 안 된다.

서로 지능이 비슷하다고 하면 역시 체급 차이가 크지 않을까?
SCP-1000의 몸집이 훨씬 크니까 승부는 이미 난 것 같군.

그러게 말입니다.
둘 다 질병을 옮긴다고는 하지만 이걸 변칙성으로 보기는 힘들 것 같네요.

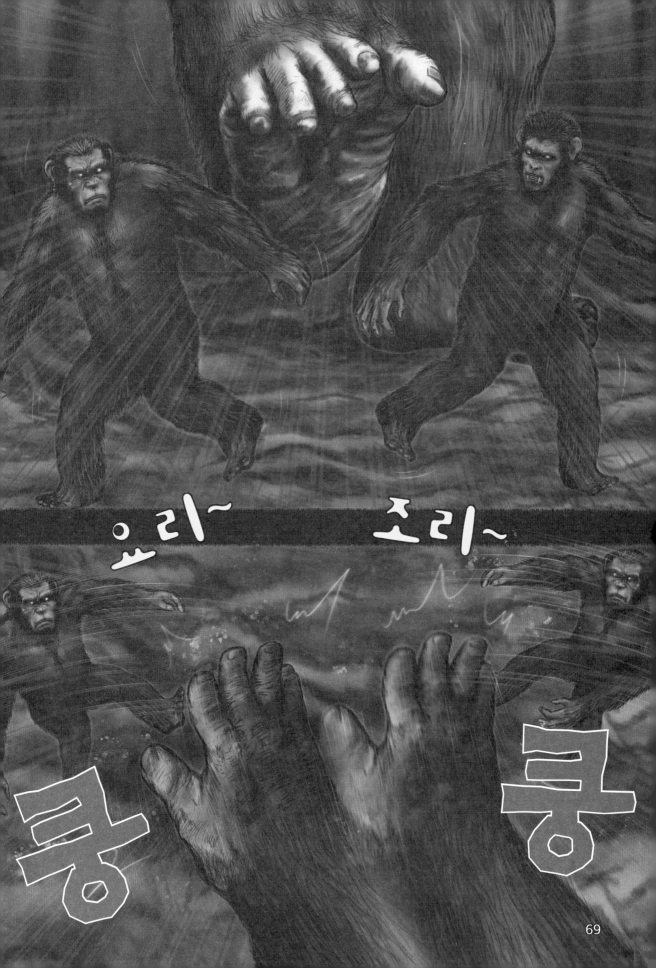

71

필살기

파괴자 유인원
고막 파괴 괴성

파괴자 유인원의 공격은 SCP-1000에게 전혀 통하지 않고 있다. 자신을 귀찮게 하는 파괴자 유인원을 1000이 잡아 던졌다. 파괴자 유인원의 괴성을 듣고 다른 파괴자 유인원들이 모여들기 시작했다.

파괴자 유인원의 고함을 들어도 1000의 고막은 멀쩡한 것 같군요.

.....

퍼억

팍

픽

괴성을 듣고 동료가 모여든 것 같은데, 결과에는 큰 영향이 없을 것 같군.

크아악

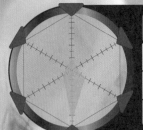

SCP-204

케테르 등급의 SCP. 일명 보호자.

SCP-204는 SCP-204-1과 SCP-204-2로 나눌 수 있는데, 반유기체 나노물질 군집으로 이루어진 SCP-204-1은 SCP-204-2를 따라다니면서 보호해 준다. SCP-204-1은 보통은 눈에 보이지 않으며, SCP-204-2가 위험할 때나 명령할 때 고체의 형태로 나타나 보호해 준다. SCP-204-1의 형태는 204-2의 명령이나 상상에 의해 결정된다.

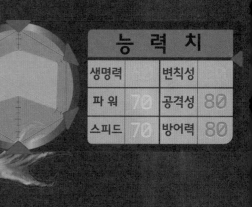

능 력 치			
생명력		변칙성	
파 워	70	공격성	80
스피드	70	방어력	80

S

식스 암즈

얼굴이 기이할 정도로 작으며 16개 이상의 팔다리를 가지고 있는 엔티티이다.

식스 암즈라 불리는 이유는 상대방이 식스 암즈의 팔을 여섯 개 셀 때쯤이면 식스 암즈에게 공격당해 목숨을 잃기 때문에 지어진 것이다. 약점은 얼굴이지만, 약점을 보호하기 위해서 인지 몸집에 비해 얼굴이 유독 작다. 밝은 빛을 보면 도망가는 습성이 있다.

식스 암즈의 공격은 204-1의 방어를 뚫지
못하고 있다. 204-2는 평소 괴물들에 대해
관심이 많았는지 당황하지 않고 204-1에
게 능숙하게 명령을 내려 식스 암즈를 상대
하고 있다.

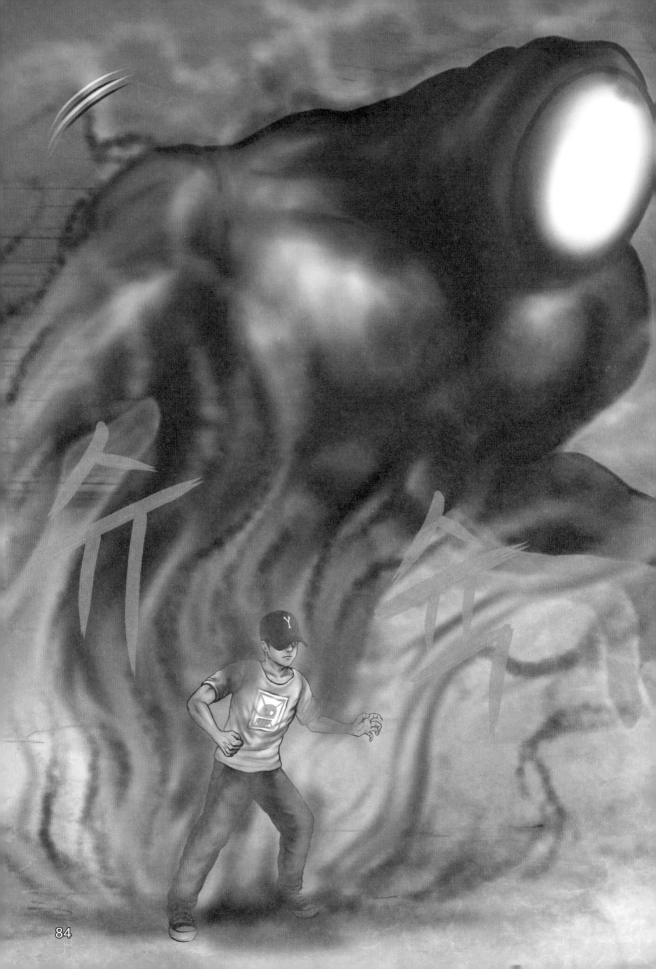

아니, 저건?! 수수께끼의 엔티티 수색자 아닙니까? 재단과도 충돌한.✿

*자세한 내용은 SCP와 괴물도감4:백룡에 있습니다.

놀랍군. 204-2가 어떻게 수색자를 알고 있지?
재단의 기록을 몰래 훔쳐봤다고? 엄청나게 요령이 좋구먼.

204-1로 만들어낸 수색자의 강렬한 빛과
몸집에 겁먹은 식스 암즈는 도망쳐 버렸다.

 204-2의 기량에 따라 204-1의 잠재력은 얼마든지 바뀔 수 있겠군.

매우 흥미로워. 나중에 다른 204-2를 투입해 봐야겠어. - Dr. Lee 코멘트

능력치

생명력	70	변칙성	100
파 워	60	공격성	60
스피드	80	방어력	100

SCP-2845

케테르 등급의 SCP. 일명 사슴.
최고의 위험등급을 지닌 사슴을 닮은 짐승으로 얼굴은 사람이
며 엄청나게 거대한 뿔을 달고 있다. 머리 뒤쪽엔 얼음 입자로
된 고리와 각종 원소들이 떠돌고 있어서 흡사 후광 같다.
2845가 위험한 이유는 본인 시야에 들어온 물체를 자신이 원
하는 대로 변화시키거나 재구성할 수 있는 능력 때문이다. 절
대 2845의 시야에 들지 마라.

능력치

생명력	80	변칙성	100
파 워	70	공격성	50
스피드	60	방어력	90

정원사

백룸에서 떠도는 방랑자들의 목격담에 따르면 정원사는 상반되는 두 가지 모습이 있다고 한다.

온화하고 자애로운 여신과 같은 모습. 또 하나는 세상의 모든 질병, 역병, 삶과 죽음을 관장하는 죽음의 화신 같은 모습이다.

두 가지 중 어떤 모습이 진짜 정원사의 모습인지는 알 수 없으나, 양쪽 다 정원사의 모습이라는 말이 정설로 통한다.

자애로운 모습 속에
악마와 같은 모습이
숨어 있구나.

재단에서 가장 위험한 존재 중 하나와 백룡의 초월자가 대결하는군.

그야말로 신과 신의 대결이라 볼 수 있겠죠.

당신의 능력은
바로 알겠군요.
하지만 제게는
통하지 않습니다.

번
쩍

필살기
SCP-2845
물질 재구성

내 시야에 비치면
모든 것들은
다른 물질로
변화된다네.

당신의 능력은
바로 알 수 있었습니다.
그럼 어디 한번
해보시지요.

ㅈ ㅇ ㅇ

2845가 자신의 변칙성을 사용하지만,
정원사는 2845의 능력에 저항했다.

정원사는 악마의 모습으로 변해
어떠한 염동력을 사용하고 있다.
2845의 육체가 터질듯 변형 되려고 하지만
2845도 어떻게든 버티고 있다.

99

SCP-2845

승리

백룸의 발생에 2845, 그리고 어떤 존재가 엮여 있는 것으로 알고 있다.

2845와 대등하게 싸우려면 정원사 이상의 존재가 필요하겠군. - Dr. Lee 코멘트

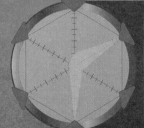

능 력 치			
생명력	20	변칙성	100
파 워	10	공격성	20
스피드	10	방어력	100

SCP-239

케테르 등급의 SCP. 일명 어린 마녀.
8살 정도의 여자아이로 자신이 상상하고 원하는 것이 현실이
된다. 즉, 이 소녀가 무언가 없어지길 바란다면 없어지고, 무
언가 필요하다고 생각하면 만들어진다. 아주 위험한 존재로,
무의식적으로 자신을 보호하기 위해 보호막을 치고 있으며,
몸 주변에는 모든 것을 분해하는 강력한 방사능이 뿜어져 나
온다. 재단은 239를 항상 잠재워 두기를 원한다.

능력치

생명력	80	변칙성	70
파워	80	공격성	90
스피드	80	방어력	70

광대

독소를 배출하는 톱니 모양의 단검과 구부러진 낫을 들고 있다.
몸 주변에는 저글링에 쓸만한 공이 떠다니는데 공 안에 세계
각지의 괴물들이 봉인되어 있다는 소문이 있다. 가끔 거문고
연주를 하기도 하는데, 해당 거문고 소리를 들으면 최면에 빠
진다고 한다.
현재 어느 순간 광대에 대한 정보와 목격담이 뚝 끊겨서 원래
없던 존재처럼 정보가 사라진 상태이다.

필살기
광대
괴물 봉인 해제

꽈직

펑

펑

!

광대가 구슬을 깨서 데스웜으로 보이는 괴물을 불러냈습니다.
저 능력을 사용하는 것은 처음 봅니다!

역시 나름대로의 강자답게 239의 강력함을 눈치챈 것 같군.

110

광대는 239가 가진 변칙성의 본질을 전혀 눈치채지 못하고 있군.
저항할 힘도 없고.

 광대도 백룸에서 손꼽히는 엔티티로 알고 있는데,

239 앞에서는 정말로 그냥 광대가 되어버렸군. - Dr. Lee 코멘트

능력치

생명력	40	변칙성	80
파워	20	공격성	20
스피드	20	방어력	80

SCP-2295

안전 등급의 SCP. 일명 심장을 가진 누비 헝겊 곰.

섬유로 이루어진 심장을 가지고 있는, 천과 솜으로 이루어진 곰인형이다. 2295는 2m 내에 손상된 몸을 가지고 있는 상대방이 있을 시 천과 솜으로 내부 장기나 신체 등을 만들어 주는 의사 같은 존재이다. 장기를 만들 때는 외부의 천과 본인 몸속의 솜을 사용하는데, 솜은 조금씩 재생되기 때문에 2295가 치료에 사용한 솜은 곧 재생된다.

능 력 치

생명력	50	변칙성	20
파 워	40	공격성	70
스피드	40	방어력	30

페이스링

백룸에 존재하는 '달걀귀신'같은 귀, 눈, 코, 입이 없는 엔티티이다. 얼굴 전체의 구성물이 없는 것이 기본적인 모습이지만 눈만 있거나 귀만 있는 페이스링이 있다.

보통 성인 페이스링과 어린이 페이스링으로 나뉘는데 오히려 어린이 페이스링이 더 공격적이고 위협적이다. 어린이 페이스링은 보통 여자아이이며 한 손에는 가위나 칼 같은 날카로운 물체를 들고 있다.

페이스링이 접근하여 2295를 끌어안았다. 어린이 페이스링의 공격성을 생각하면 손에 든 가위로 2295의 몸을 잘라내는 것 아닐까 추측된다.

 2295는 전혀 경계심이 없습니다. 이제 공격당할텐데요?!

혹시
가위로 날 자를 거니?

118

이상할 정도로 순순한 페이스링과 냅다 페이스링의 옷을 잘라버리는
2295라니 묘한 광경인데? 2295에게도 공격성이 있었나?

솜은 내 몸에 있는
솜을 쓰면 돼.
치마의 천으로
네 코와 입을
만들어 줄게.

샤샥

샤ᄉ

2295는 잘라낸 페이스링의 옷과 본인 몸속의 솜으로 페이스링에게 입을 만들어 주고 있다. 양측이 서로 공격할 낌새는 보이지 않았다.

슈

고마워 곰돌아~
코와 입이 없어서
얼마나 괴로웠는지
몰라.

괜찮아. 백룸에는
무서운 괴물들이
있다고 들었는데,
나하고 같이 갈래?

 2295가 페이스링을 데리고 어디론가 갑니다. 갈 곳은 SCP 기지일 텐데요? 그럼 꽤나 자연스럽게 엔티티를 확보하는 셈이겠군요.

 2295가 공격성이 있는지 확인하기 위한 실험이었는데, 다 망쳤군.

하지만 뭐, 가끔씩은 이런 미지근한 결말도 나쁘진 않겠지. - Dr. Lee 코멘트

능력치

생명력	80	변칙성	90
파 워	10	공격성	20
스피드	10	방어력	10

SCP-053

유클리드 등급의 SCP. 일명 소녀.
3살 정도의 소녀로 보인다. 말을 할 수 있으며 정신연령은 또
래보다 높은 편이다. 변칙성은 053의 눈을 보거나 접촉한 사
람들이 흉폭 해지는 것으로 그 충동은 053을 향하게 된다. 또
한 그 충동을 가로막는 모든 것을 파괴한다. 하지만 053을 공
격하게 되면 그 즉시 심장마비나 발작을 일으키며 죽는다.
그리고 053은 입은 상처를 즉시 회복한다고 한다.

능력치

생명력		변칙성	30
파 워	70	공격성	100
스피드	80	방어력	60

사냥꾼

데스웜과 비슷하게 생긴 엔티티이다.

날카로운 이빨과 네개의 다리를 가지고 있으며 눈과 귀가 없지만 다른 감각 기관으로 사물을 판단한다.

사냥꾼이라는 별명답게 사람을 발견하면 바로 공격하며, 보통은 그 자리에서 먹어치운다. 가끔씩은 본인의 영역으로 끌고 가서 포식할 때도 있다. 다만 사냥꾼은 원거리 공격에 대한 대책이 없기에 원거리 무기를 사용하면 상대할 수 있다.

 053의 변칙성이 인간 외에도 통할까?

 설령 변칙성이 통하지 않더라고 053의 회복력을 생각하면
사냥꾼의 공격이 의미가 있을까요?

 053의 회복력 말이지.
만일 변칙성이 발동된 후 공격당해야 회복한다는 조건이 있다면 어떨까?

 그럼 053은 그냥 평범한 소녀죠. 아마 사냥꾼의 한 끼 먹잇감이 될 겁니다.

136

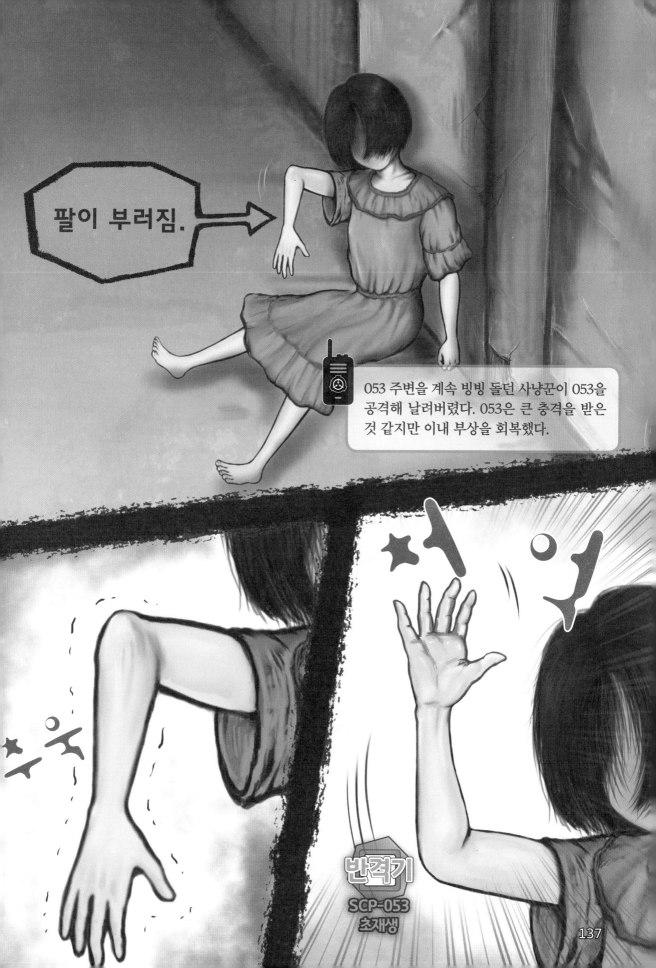

이런, 053의 회복 능력은 특별한 조건이 필요 없나 보군. 그럼 자신을 공격한 자들을 심장마비 등으로 죽게 하는 변칙성은 어찌 될까?

전혀 영향이 없는 듯 움직이네요. 역시 엔티티라 신체구조가 달라서 053의 변칙성이 먹히지 않는 걸까요? 어쩌면 심장이 없을지도 모르겠습니다.

139

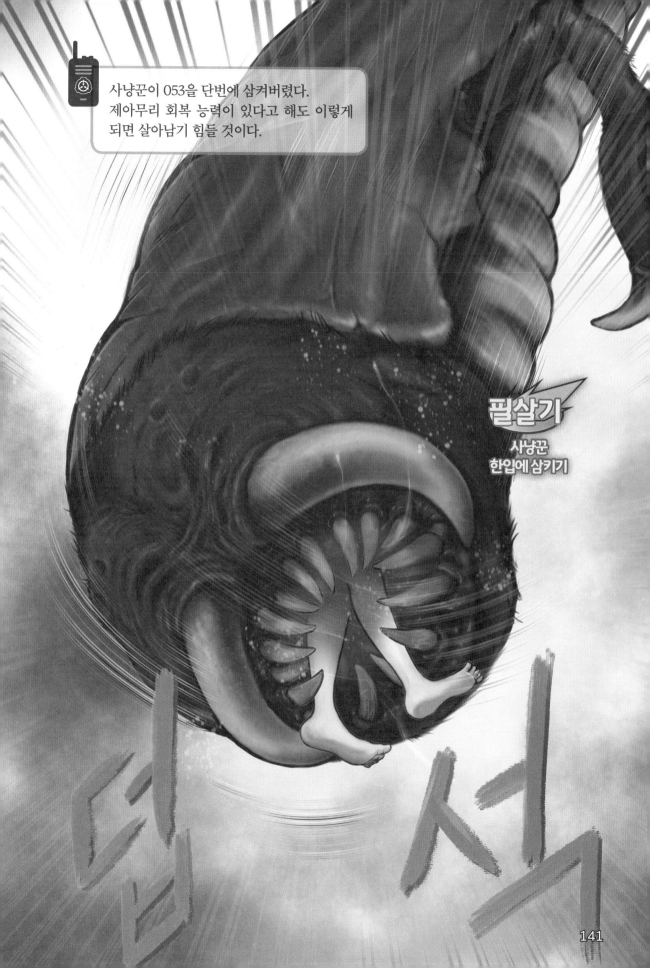

아, 이대로 끝난 것 같습니다. 사냥꾼이 기뻐하고 있네요.
어라? 잠깐 뭔가가…….

 갑자기 사냥꾼이 고꾸라졌군. 죽은 것 같아.
053의 변칙성은 특별한 조건과 상대를 가리지 않고 발동하는 것 같군.
이번엔 발동이 조금 늦었을 뿐인가.

반격기
SCP-053
죽음의 저주

SCP-053
승리

053의 변칙성의 범위가 어느 정도일지 궁금하군. 다른 현실 조작계 능력으로도 저 변칙성을 지울 수 없다면 아무도 건드릴 수 없겠어. - Dr. Lee 코멘트

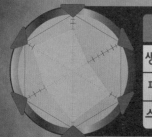

SCP-457

통상 유클리드, 잠재적 케테르 등급의 SCP. 일명 불타는 남자. 일반적으론 성냥불 정도의 불꽃이지만, 인화성 물질을 태운다면 점점 크기가 커져 불길에 휩싸인 인간 형태의 모습으로 변한다. 태울 수 있는 물질을 흡수하여 불길이 커질수록 지능도 높아진다. 불길이 커질 대로 커지면 457은 두 개체로 분열되며, 두 개체는 상대방의 불길을 꺼뜨리려고 하지만, 가끔은 서로 협력하거나 호의적으로 대하는 경우도 있다고 한다.

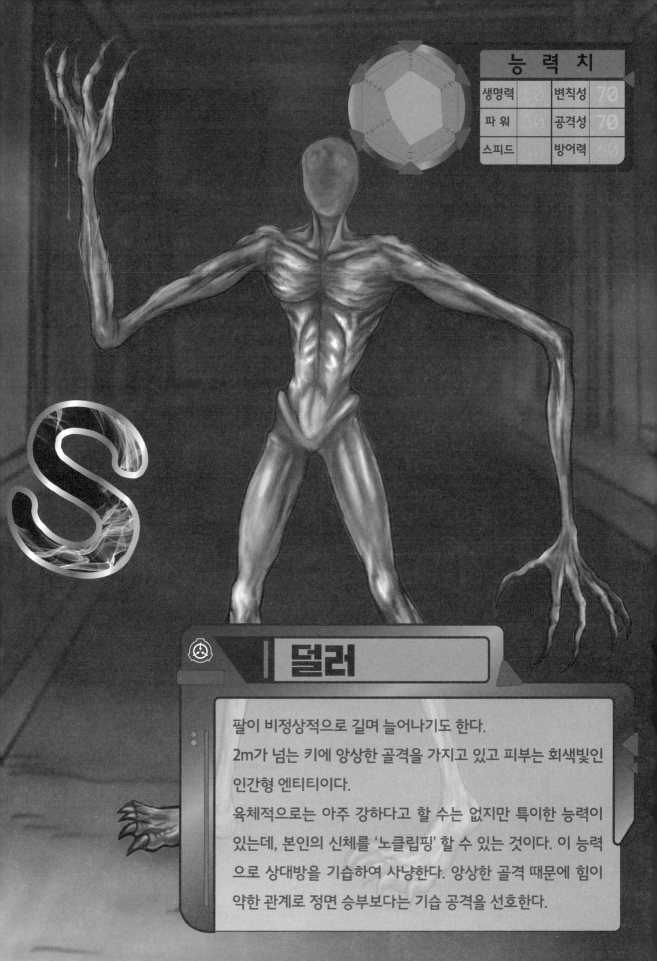

S

덜러

팔이 비정상적으로 길며 늘어나기도 한다.

2m가 넘는 키에 앙상한 골격을 가지고 있고 피부는 회색빛인

인간형 엔티티이다.

육체적으로는 아주 강하다고 할 수는 없지만 특이한 능력이

있는데, 본인의 신체를 '노클립핑' 할 수 있는 것이다. 이 능력

으로 상대방을 기습하여 사냥한다. 앙상한 골격 때문에 힘이

약한 관계로 정면 승부보다는 기습 공격을 선호한다.

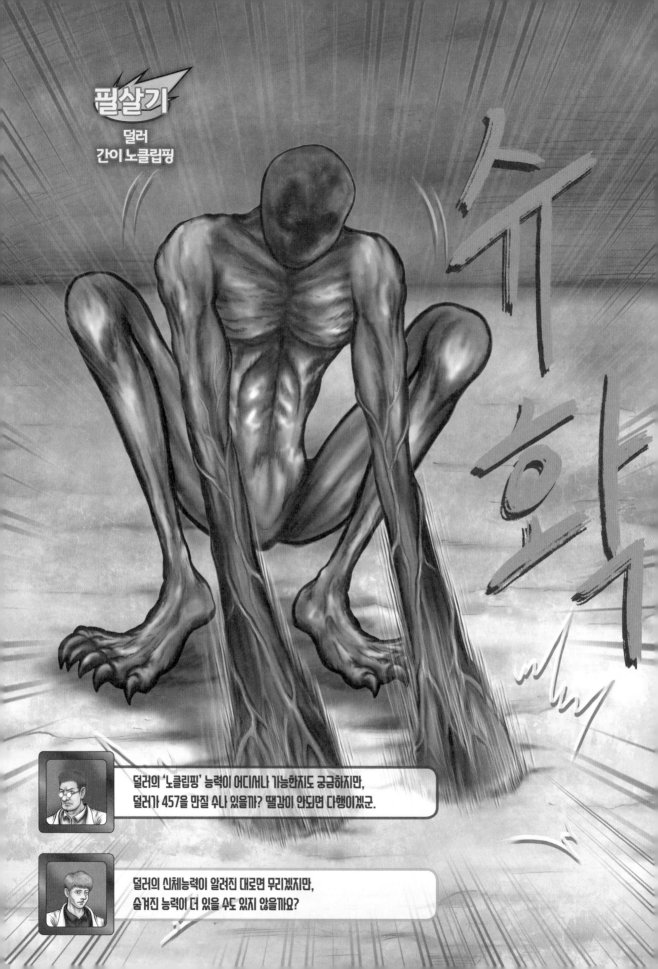

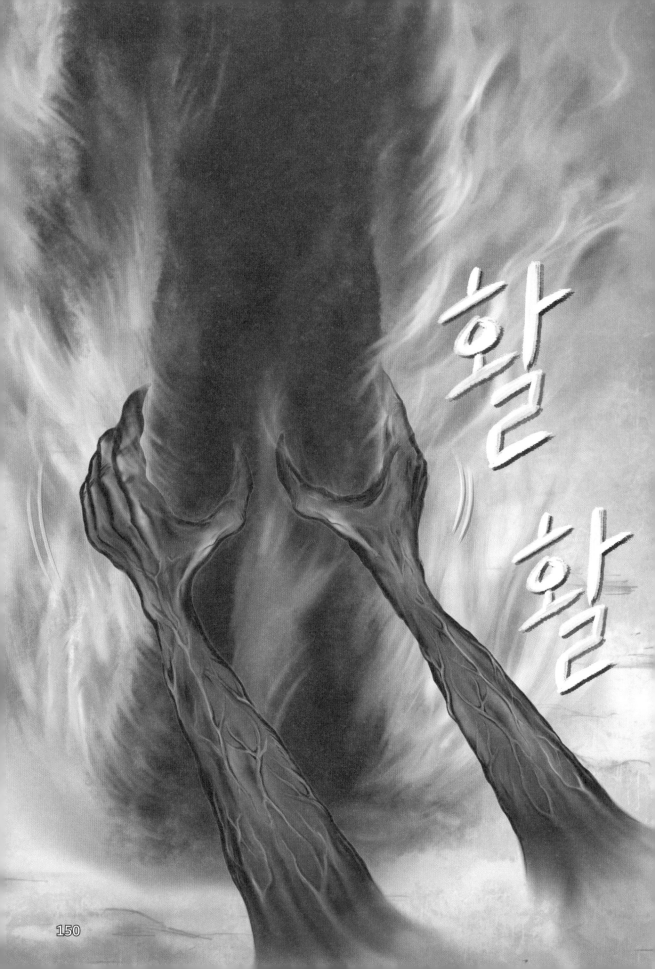

150

크억!!

할

할

덜러가 기습적으로 팔을 노클립핑 하여 457
을 붙잡았지만 457의 불꽃이 바로 덜러의
손을 태워버렸다. 불꽃 그 자체인 457을 평
범한 방법으로는 잡을 수가 없을 것이다.

상대의 적의를 감지한 457이
덜러에게 덤벼들었다.

슈슉

덜러가 순간이동을 하는 것 같은데요?

아닐세. 빠르게 노클립핑하며 자리를 이동하는 것뿐이야.

샤샥

!!!

그게 순간이동 아닌가요?

덩러가 주변 공간뿐 아니라 아주 먼 공간까지도
자유롭게 이동할 수 있다면, 순간이동으로 봐도 문제는 없겠지.

153

156

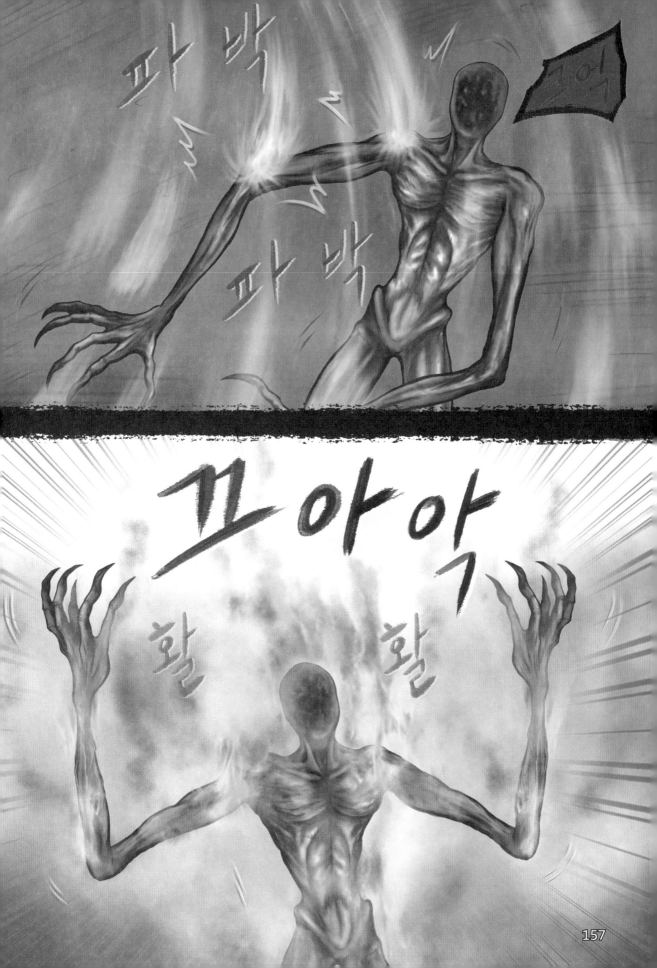

157

457도 힘을 다 써버렸군.
하지만 매개체로 준 성냥개비를 태워서 어느 정도 회복할 수 있을 거야.

힘을 폭주시키지 않게 하기 위해
457에겐 어느 정도 페널티를 줄 수밖에 없었죠.

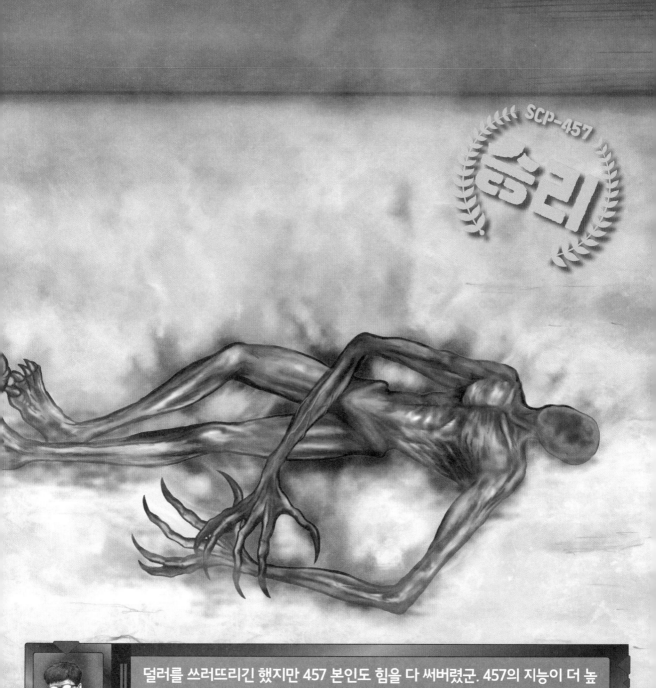

SCP-457

승리

덜러를 쓰러뜨리긴 했지만 457 본인도 힘을 다 써버렸군. 457의 지능이 더 높 아졌다면 좀 더 수월했을 거야. 일단 457의 승리로 하지. - Dr. Lee 코멘트

능 력 치

생명력	50	변칙성	80
파 워	80	공격성	
스피드	30	방어력	

SCP-4578

케테르 등급의 SCP. 일명 총을 가진 착한 남자.
서아프리가계 35세 남자이다. 목 뒤에는 3개의 초승달 문신
이 새겨져 있는데, 해당 문신은 SCP-4578-1로 칭한다. SCP-
4578이 상대에게 위협 받을 시 4578-1에게 포탈 같은 것이
생기며 해당 포탈에서는 SCP-4578-2라고 불리는 기관총 포
탑이 나온다. 이 포탑의 총알은 다른 세계의 물질로 알려져 있
는데, 저 포탈에서는 여러 무기가 나온다는 목격담도 있다.

S

능력치

생명력	60	변칙성	60
파워	90	공격성	30
스피드	60	방어력	60

버스터

개와 같은 다리 구조를 가지고 있고, 등 뒤의 엄청난 굳은살 때문에 꼽추처럼 움직인다. 평소에는 온순하지만 생물체가 다가오면 등 뒤의 굳은살이 터지면서 산성액을 내뿜는다.

해당 산성액은 어떠한 물질도 녹여버릴 수 있는 강력한 것이며, 버스터는 산성액에 내성이 있음에도 산성액이 터질 때 본인도 약간의 피해를 입는다. 특이점은 '아몬드 워터'에 취약하여 '아몬드 워터'에 닿는 순간 심각한 화상을 입는다고 한다.

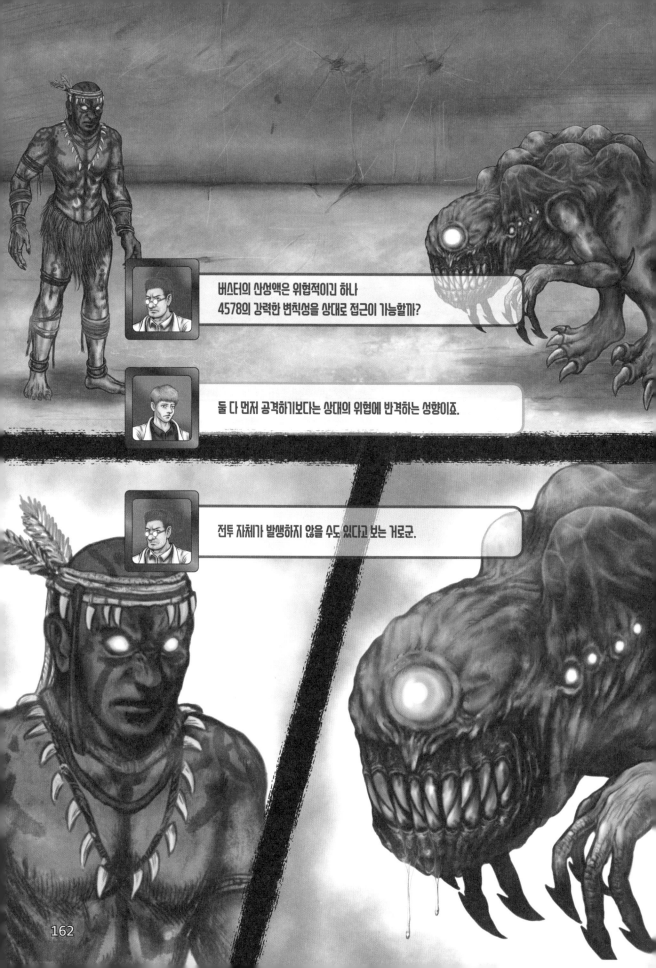

버스터의 산성액은 위협적이긴 하나
4578의 강력한 변칙성을 상대로 접근이 가능할까?

둘 다 먼저 공격하기보다는 상대의 위협에 반격하는 성향이죠.

전투 자체가 발생하지 않을 수도 있다고 보는 거로군.

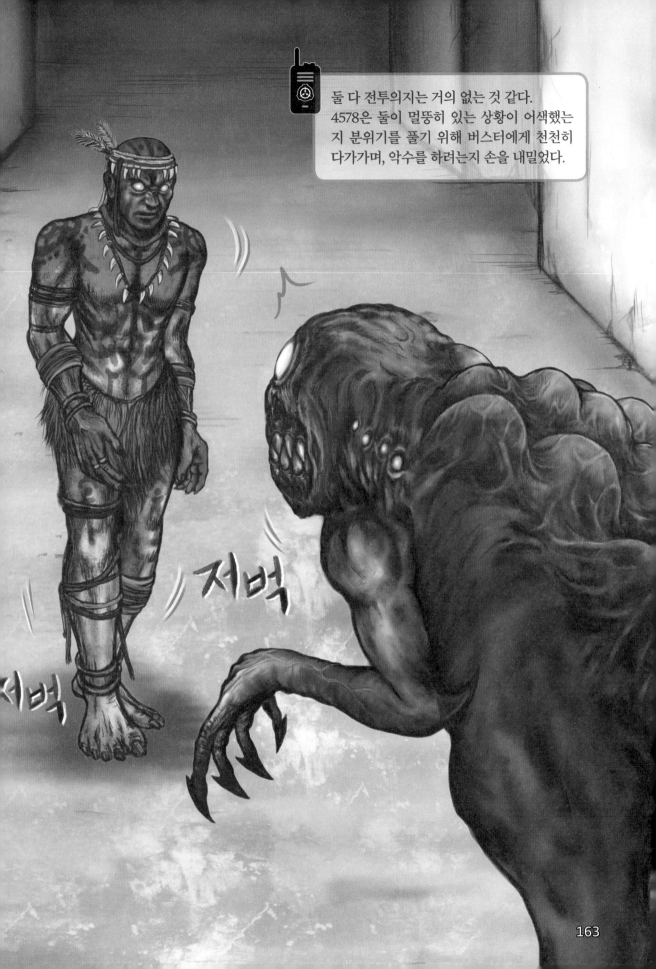

둘 다 전투의지는 거의 없는 것 같다.
4578은 둘이 멀뚱히 있는 상황이 어색했는
지 분위기를 풀기 위해 버스터에게 천천히
다가가며, 악수를 하려는지 손을 내밀었다.

저벅

저벅

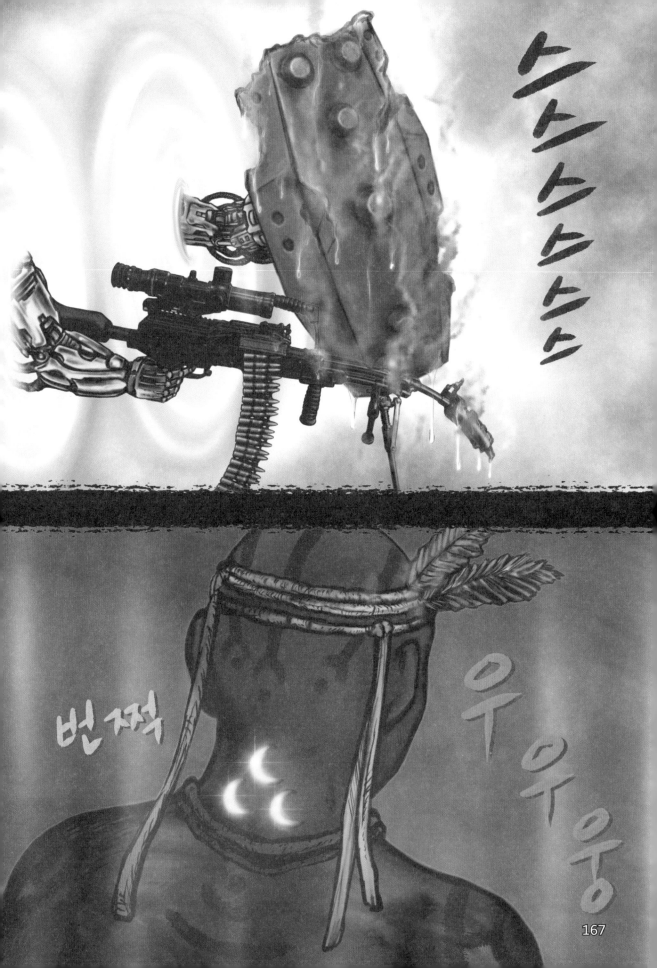

우우웅

필살기EX
SCP-4578-1
사신 소환

추욱

아니?! 4578-1의 공간에서 다른 무기들이 나왔다는 것은 헛소문인 줄 알았는데, 방패뿐 아니라 저거 사신 아닌가? 저런 것도 소환한다고?

4578에 대한 평가를 다시 해야겠군요.

172

사신의 일격에 죽은 버스터의 몸에서 엄청
난 산성액이 뿜어져 나오고 있다. 방패 따위
로는 온몸을 다 방어해 낼 수 없을 것이다.

4578-1이 빛나며 4578을 어떤 고치 같은 것으로 감쌌다. 산성액은 고치에 의해 막히고 주변은 산성액에 의해 초토화됐다.

스스스

스스스

치이이

 반격기

SCP-4578-1
고치 생성

SCP-4578

승리

버스터의 산성액을 막아낸 저 고치는 조사해 보고 싶군. 새로운 가능성을
찾아낸 것 같아. 역시 SCP 재단은 이용 가치가 있어. - Dr. Lee 코멘트

12쪽

익명의 'SCP-076'을 기반으로 작성하였습니다. 번역자는 shfoakdls입니다. 번역 출처 (https://scpko.wikidot.com/scp-076)

어둠의 군주는 삭제되어 출처 표기를 할 수 없습니다. 해당 항목은 삭제 전 내용을 토대로 각색하였습니다.

32쪽

far2의 'SCP-073'을 기반으로 작성하였습니다. 번역자는 shfoakdls입니다. 번역 출처 (https://scpko.wikidot.com/scp-073)

진홍색 방랑자는 정보가 삭제되어 출처 표기를 할 수 없습니다. 해당 항목은 삭제 전 내용을 토대로 각색하였습니다.

52쪽

weizhong의 'SCP-2800'을 기반으로 작성하였습니다. 번역자는 Salamander724입니다. 번역 출처 (https://scpko.wikidot.com/scp-2800)

스킨 스틸러는 해당 출처를 기반으로 각색하였습니다. 원본 출처 (https://backrooms.fandom.com/wiki/Skin-Stealers)

66쪽

thedeadlymoose의 'SCP-1000'을 기반으로 작성하였습니다. 번역자는 QAZ135입니다. 번역 출처 (https://scpko.wikidot.com/scp-1000)

파괴자 유인원은 해당 출처를 기반으로 각색하였습니다. 원본 출처 (https://backrooms.fandom.com/wiki/Ravager_Apes)

76쪽

SpoonOfEvil의 'SCP-204'를 기반으로 작성하였습니다. 번역자는 jso9923입니다. 번역 출처 (https://scpko.wikidot.com/scp-204)

식스 암즈는 정보가 삭제되어 출처 표기를 할 수 없습니다. 해당 항목은 삭제 전 내용을 토대로 각색하였습니다.

90쪽

Djoric의 'SCP-2845'를 기반으로 작성하였습니다. 번역자는 omega123입니다. 번역 출처 (https://scpko.wikidot.com/scp-2845)

정원사는 정보가 삭제되어 출처 표기를 할 수 없습니다. 해당 항목은 삭제 전 내용을 토대로 각색하였습니다.

SCP와 괴물도감6 : SCP vs 엔티티

2025년 1월 13일 초판 1쇄 펴냄

펴낸곳 | 꿈소담이
펴낸이 | 이준하
글 | 이준하
그림 | 서우석
책임미술 | 오민규

주소 | (우)02880 서울특별시 성북구 성북로5길 12 소담빌딩 302호
전화 | 747-8970
팩스 | 747-3238
등록번호 | 제6-473호(2002. 9. 3)

홈페이지 | www.dreamsodam.co.kr
북 카 페 | cafe.naver.com/sodambooks
전자우편 | isodam@dreamsodam.co.kr

ISBN 979-11-91134-52-0 73810